Karl May

Glocken klingen nah und fern

Das Weihnachtsalbum

Dr. Karl May.

Karl May

Glocken klingen nah und fern

Das Weihnachtsalbum

benno

Bildnachweis:
Vignetten: © stock.adobe.com/Leeyenz und stock.adobe.com/shevalier-art; S. 6/7: © akg-images / arkivi, S. 32/33: © akg-images, S. 53: © Christie's Images / Bridgeman Images, S. 57: © Heritage Images / Heritage Art / akg-images, S. 75: © Tkarcher/Wikimedia Commons

Bibliografische Information der Deutschen Nationalbibliothek
Die Deutsche Nationalbibliothek verzeichnet diese Publikation in der Deutschen Nationalbibliografie; detaillierte bibliografische Daten sind im Internet über http://dnb.d-nb.de abrufbar

ISBN 978-3-7462-5958-1

Zusammenstellung: Volker Bauch, Gößnitz
Covermotiv: William Hahn: Indianer im Schnee (ca. 1880)
Umschlaggestaltung: Rungwerth Design, Düsseldorf
Gestaltung & Gesamtherstellung: Kontext, Dresden (A)

Inhalt

HOHENSTEIN-ERNSTTHAL Im Schnee

1. Euer Heiland Jesus Christ

Ich verkünde große Freude,
die euch widerfahren ist,
denn geboren wurde heute
euer Heiland Jesus Christ!

Jubelnd klingt es
durch die Sphären,
Sonnen künden's jedem Stern;
Weihrauch duftet auf Altären,
Glocken klingen nah und fern.

Tageshell ist's in den Räumen,
alles atmet Lust und Glück, und
an buntgeschmückten Bäumen
hängt der freudetrunkne Blick.

Es war am sechsten November, nach der letzten Vormittagsstunde, als ich zum „Alten" gerufen wurde. Zwei Treppen hinauf, jede zwanzig Stufen, auf jede zwanzig Schläge meines Herzens, macht in Summa achtundert; weniger sind es wahrscheinlich nicht gewesen. Ich klopfte an, trat ein und – – sah nichts, weil meine Augen nebelten. Es vergingen einige Augenblicke; der Nebel teilte sich, und ich sah den Gewaltigen mit Augen, als ob er mich durchbohren wolle, vor mir stehen.

„May!", erklang es in seinem tiefsten Bass.

Ich verbeugte mich. Was ich für ein Gesicht gemacht habe, das weiß ich nicht, denn nur er hat es gesehen und mir nichts darüber angedeutet.

„May!!"

Ich verbeugte mich wieder.

„May!!!"

Dritte Verbeugung; aber nun war ich entschlossen, mich nicht mehr zu bücken.

„Sie – – sind – – ja – – ein – – ganz – –"

Ich sah ihn so scharf an, dass er innehielt; beleidigen wollte ich mich auf keinen Fall lassen. Da lachte er und fuhr in einem ganz andern Tone fort:

„Geht mich eigentlich nichts an, ganz und gar nichts; ist nur Ihre Privatsache, wenn Sie sich mit Blamagen herumriskieren. Warum auch nicht? Sie sprechen ja stundenlang in Knüppelversen, und Ihr Deutsch – – hm! Aber Sie hätten es

mir doch wenigstens vorher zur Durchsicht geben können!"
„Das Gedicht?", fragte ich.
„Natürlich! Ich hätte die Fehler angestrichen, die noch drinstecken und von dem Redakteur gar nicht bemerkt worden sind. So ein Mensch weiß ja gar nicht, was zu einem guten Gedicht gehört; woher sollte er es auch wissen?! Kuh – Muskate – –!"
„Es ist also zurückgeschickt worden?"
„Ja, im Probedruck, so was man Korrektur oder Revision nennt. Dabei ein Brief, nicht an Sie, sondern an mich. Sie bekommen ihn natürlich nicht zu lesen – – fällt mir gar nicht ein! Ich werde antworten, dass zwar Ihr Name, aber sonst weiter gar nichts unter das Gedicht gesetzt werden darf; Sie verfallen sonst dem Tintenteufel, der der schlimmste von allen Teufeln ist. Haben mehr zu tun, als Gedichte zu machen! Junges Bürschchen!"
Ich holte tief, tief Atem. Also meine Zweiunddreißig waren angenommen worden! Dritter Preis zehn Taler – – –! Mir wollte es wieder vor den Augen nebeln! Da fuhr er fort:
„Was ich sagen wollte: Werde Ihnen die Nachhilfsstunden von jetzt an bar bezahlen, zweimal fünf, also zehn Groschen. Den Sonnabendstisch behalten Sie trotzdem. Werde Sie wegen Ihrer Kühnheit und dem Gedichte später noch extra vornehmen; habe jetzt keine Zeit; muss zu Tische gehen. Hier ist das Geld. Nun gehen Sie!"
Er gab mir ein Couvert in die Hand. Ich bedankte mich mit

vor Aufregung heiserer Stimme und schoss zur Tür hinaus, nachdem ich eine ganz besonders tiefe Verbeugung gemacht hatte, der ich doch vorhin fest entschlossen gewesen war, keine mehr zu machen.
Wie ich die Treppe hinunter und dann in meine „Bude" gekommen bin, das weiß ich selbst heut noch nicht. Ich öffnete das Couvert. Was war darin? Ein kurzes Schreiben der Redaktion – – drei Zehntalernoten! Die schreckliche, große, blaue Kröte hatte, wie jede Kröte im Märchen, Geld für mich bedeutet – – nicht den dritten, sondern den ersten Preis.
Was ich tat, als ich wieder ruhig geworden war? Die Antwort ist nicht nötig! Ich habe weder in guten noch in schlimmen Lagen jemals vergessen, dass das Gebet eine heilige Pflicht ist und Erleichterung bringt.
Und wie es – wenigstens dem Sprichworte nach – mit dem Unglücke ist, so ist's auch mit dem Glücke; es kommt niemals allein. Als ich am Nachmittag zum Unterricht bei meinem alten Kantor erschien, zeigte er sich außerordentlich aufgeräumt. Er war zwar stets ein lieber, alter, munterer Herr, heut aber zeigte er sich besonders heiter und gesprächig und ließ einige Andeutungen über „gute Arbeit" und „Buchhändlergeld" fallen, sodass ich mir im Stillen sagte, dass er mit dem „Alten" über meinen Glücksfall gesprochen haben müsse. Als ich nach der Stunde, wie ich gewöhnlich tat, denn ich borgte nie, den Taler auf die gewohnte Stelle legte, sagte er:

„Ist nicht nötig, lieber May! Sie können Ihren sauer verdienten Taler behalten.“
„Dieser hier ist nicht sauer verdient, Herr Kantor.“
„Nicht? Wieso? Vielleicht ein Geschenk?“
„Nein, kein Geschenk. Er ist verdient, aber nicht sauer. Ich habe dreißig Stück bekommen; das wissen Sie doch!“
Er sah mich erstaunt an und fragte:
„Dreißig Stück, dreißig Taler! Sie Krösus, Sie! Und ich soll es wissen? Keinen Laut, keine Note, keine halbe, keine Sechzehntelnote habe ich davon gehört!“
„Aber Sie haben doch vorhin davon gesprochen!“
„Ich? Nicht dass ich wüsste!“
„Sie sprachen von Buchhändlergeld!“
„Ja, das habe ich freilich getan; aber das ist etwas, wovon Sie noch gar nichts wissen. Was hat es denn für eine Bewandtnis mit Ihren dreißig Talern? Oder dürfen Sie es nicht erzählen?“
„Natürlich darf ich es! Und grad Sie, Herr Kantor, sind der, dem ich es am liebsten erzähle!“
Er lief, indem ich es tat, ganz aufgeregt in seinem kleinen Zimmer hin und her und rief, als ich zu Ende war:
„Dreißig Taler, dreißig schwere Taler für ein Gedicht, für – – wie viel Strophen hat es?“
„Zweiunddreißig vierzeilige.“
„Auch noch bloß vierzeilige! Das macht achtundzwanzig Groschen pro Strophe und sieben Groschen für jede Zeile,

St. Trinitatiskirche, Hohenstein

für jeden Vers! Dazu die Ehre, den ersten Preis errungen zu haben! Und ich habe Wunder gedacht, was ich da – – – na warten Sie noch! Haben Sie Ihr Gedicht im Kopfe?“

„Ja.“

„Her damit! Ich will auch einmal ein Preisgedicht für dreißig Taler hören!“

Während er immer noch lebhaft hin und her wanderte, stellte ich mich in die einzige freie Ecke und deklamierte:

„Ich verkünde große Freude,
die euch widerfahren ist,
denn geboren wurde heute
euer Heiland Jesus Christ!

Jubelnd tönt es durch die
Sphären,
Sonnen künden's jedem Stern;
Weihrauch duftet auf Altären,
Beter knien nah und fern.

Horch, da schallt vom nahen Dome
feierlich der Glocken Klang,
und im majestät'schen Strome
schwingt sich auf der Chorgesang:

‚Herr, nun lässest du in Frieden
deinen Diener zu dir sehn,
denn sein Auge hat hienieden
deinen Heiland noch gesehn!' – –"

„Halt, halt!", unterbrach er mich da eifrig. „Das Gedicht scheint ja gut, ganz gut zu sein, aber zweiunddreißig Strophen, das ist mir zu lang, viel zu lang. Ich muss Ihnen etwas sagen und kann nicht damit warten, bis Sie zu Ende sind. Da, sehen Sie sich einmal das hier an! Kennen Sie das?"
Er hielt mir ein gedrucktes Notenheft hin und sah mir dabei mit dem Ausdrucke größter Spannung in das Gesicht. Es war die Partitur einer Motette, in welcher die separat gedruckten Stimmen lagen. Ich las den Anfang des Textes: „Siehe, ich verkündige euch große Freude – –"
„Nicht hier lesen, nicht hier, sondern den Titel, den Titel!", drängte er ungeduldig.
Ich tat es und erschrak, aber in freudiger Weise, denn es war meine Motette, die mir auf eine so unerklärliche Art abhandengekommen war.

„Nicht wahr, das ist etwas, das ist auch etwas?“, fragte er triumphierend. „Eine gedruckte Komposition ist mehr, viel mehr wert als ein gedrucktes Gedicht. Ein Gedicht kann jeder machen, der die Reime dazu aus der Luft hergreift; aber eine Komposition, das ist etwas ganz anderes; das kommt nicht aus der Luft, sondern woandersher! Da muss man etwas gelernt und ganz besonders einen tüchtigen Lehrer gehabt haben. Und gute, tüchtige Lehrer können nur die Herren Kantores sein, welche die Orgel schlagen und den Kirchengesang leiten. Der Kirchengesang ist die höchste – –“

„Aber bitte, Herr Kantor“, unterbrach ich seinen Redefluss „Sie sehen mich im höchsten Grade erstaunt. Diese Motette habe ich nicht komponiert, dass sie gedruckt werden soll; sie ist eine Übungsarbeit, die im Kasten liegen bleiben sollte; plötzlich aber war sie weg. Wie ist sie in Ihre Hände gekommen, und woher wissen Sie, dass sie von mir ist? Auf dem Originale hat mein Name nicht gestanden.“

„Das ist wahr, sehr wahr“, lachte er. „Aber denken Sie denn wirklich, dass ich Ihre Handschrift nicht kenne und auch die von Krüger nicht?“

„Krüger?“, fragte ich. „Welchen Krüger meinen Sie?“

„Dumme Frage! Natürlich Krüger, der Ihnen damals wegen Ihrer Arbeit über die Quintseptakkorde die erste Zensur abtreten musste. Er hat sich rächen wollen, wird aber nun durch mich bestraft, dass er sich blauärgern soll!“

„Ich verstehe Sie noch nicht.“

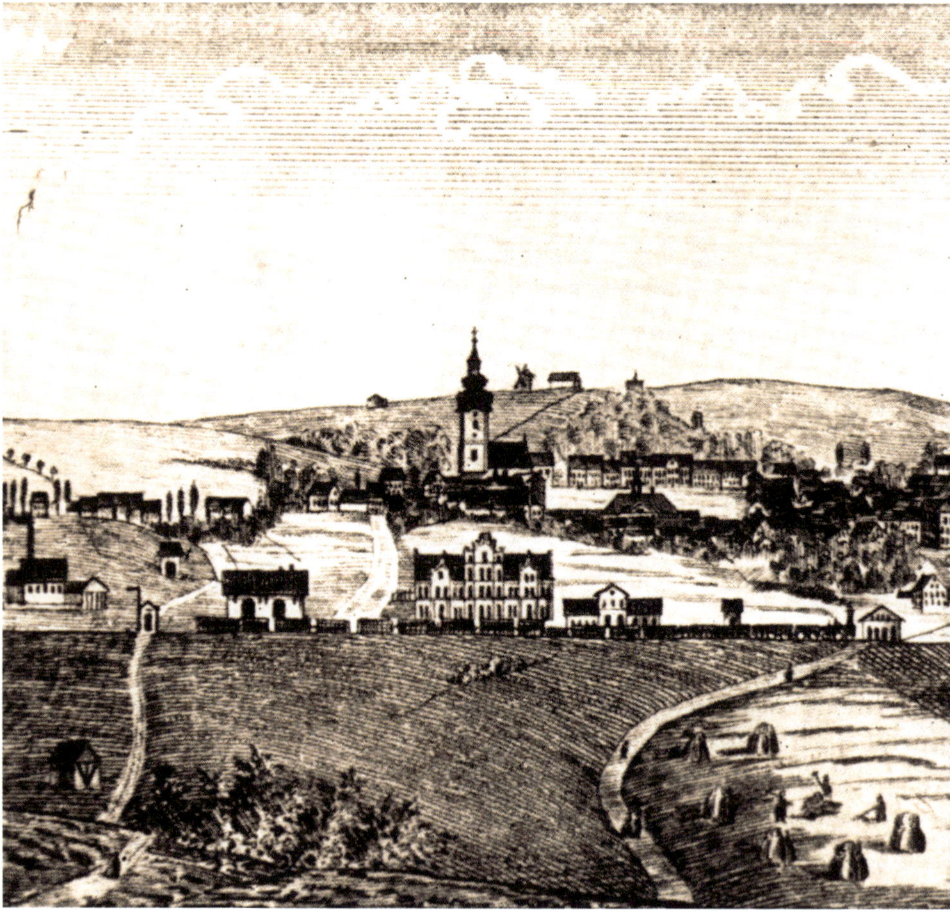

Stadtansicht Hohenstein um 1860

„Immer noch nicht? Sie sind doch sonst nicht so schwer von Begriffen. Da muss ich Ihnen doch gleich noch zweierlei zeigen, worüber Sie sich, wenigstens über das eine, wahrscheinlich wundern oder aber auch ärgern werden. Da, zunächst das. Wessen Handschrift ist das?"

Er gab mir ein großes, abgestempeltes Couvert, auf welchem sein Name stand. Ich brauchte nur einen Blick darauf zu werfen, um antworten zu können:

„Das hat Krüger geschrieben; man sieht es sofort."

„Ja, der Kerl hat sich nicht einmal Mühe gegeben, seine Hand zu verstellen. Er hat wahrscheinlich gedacht, dass ich das Couvert wegwerfe, ohne es anzusehen. Nun aber das. Sehen Sie es sich genau an!"

Es war meine Partitur der Motette. Indem ich die Systeme nur flüchtig überblickte, fand ich

nicht, was er meinte; da machte er mich darauf aufmerksam:
„Halten Sie das Papier gegen das Licht, so werden Sie die radierten Stellen finden."
„Was! Er hat radiert?"
„Ja, er hat radiert, um Fehler hineinzumachen; die Absicht können Sie sich wohl denken!"
„Das wäre eine Schlechtigkeit, eine Gemeinheit, die –"
„Lassen Sie das!", unterbrach er mich. „Ich habe die Sache schon selbst in die Hand genommen. Ich habe ihn vorgehabt, und er hat es eingestehen müssen; die Sache wird noch vor die Konferenz kommen. Inzwischen habe ich eine Abschrift, natürlich ohne die hineingemachten Fehler, genommen und die Motette dann dem Buchhändler eingeschickt, Ihnen zuliebe und diesem Krüger zum Ärger. Er hat sie angenommen, und wissen Sie, welches Honorar er Ihnen zahlt?"
„Honorar? Also Geld, auch hier Geld?"
„Natürlich! Geschriebene Noten gegen Banknoten oder klingende Münze; anders tue ich es nicht. Er hat einstweilen fünfhundert gedruckt und dafür fünfundzwanzig Taler bezahlt. Sie bekommen also zwar bloß fünfzehn Pfennige für das Exemplar, aber das ist doch immer besser, als wenn die Motette in Ihrem Kasten läge und gar nichts brächte. Er schickte Papiergeld; ich habe es aber umgewechselt, weil Silber besser klingt. Es ist ein ganzer, großer Haufen Geld. Da haben Sie ihn! Lassen Sie nichts davon fallen!"

Er zog den Tischkasten auf, griff mit beiden Händen hinein und hielt sie mir dann, gefüllt mit Talerstücken, hin. Ich war beinahe bestürzt über diese zweite, so ganz unerwartete Gabe des Glückes. Er schob mir das Geld lachend hüben und drüben in die Hosentaschen und rief dabei:
„Nehmen Sie nur, nehmen Sie! Wer weiß, ob Ihnen in Ihrem ganzen Leben wieder einmal eine Komposition auch nur einen Groschen einbringt; drum greifen Sie jetzt zu; Sie können es ja brauchen! Übrigens wird die Motette eingeübt und hier in der Kirche gesungen; der Krüger muss platzen vor Ärger, das heißt, wenn er nicht schon vorher fortmuss, denn die Gemeinheit, welche er hier bewiesen hat, verdient eine so exemplarische Bestrafung, dass ich überzeugt bin – –“
„Bitte, Herr Kantor“, fiel nun ich ihm einmal in die Rede. „Sie sind mir immer freundlich gesinnt gewesen, und ich denke, dass Sie mir auch jetzt die Erfüllung eines Herzenswunsches nicht abschlagen werden.“
„So? Hm, ich ahne schon! Was ist das für ein Wunsch?“
„Bringen Sie Krüger nicht vor die Konferenz! Ich bin heute so glücklich und würde die ganze Freude an diesem Glück verlieren, wenn er in Strafe käme.“
„Ist das nicht zu viel verlangt?“
„Wohl nicht. Er ist ja die eigentliche Ursache der frohen Überraschung, die Sie mir bereitet haben. Sie hätten gewiss keinen Verleger für die Motette gesucht, wenn er sie

Ihnen nicht eingeschickt hätte, um mich in Ihrer Meinung herabzusetzen."
Da gab er mir die Hand und sagte, jetzt ernster als vorher:
„Sie machen mir eine doppelte Freude. Nämlich erstens, dass Sie für Krüger bitten. Ich habe ihn nur deshalb noch nicht zur Anzeige gebracht, um ihn mit meinem Verweise und einem tüchtigen Ärger davonkommen zu lassen. Darum habe ich gewartet, bis die Motette gedruckt worden ist. Hätten Sie die Anzeige gewollt, so wäre sie erfolgt; nun aber soll er noch einen kräftigen Rüffel unter vier Augen bekommen und dabei erfahren, dass er die übrige Straflosigkeit nur Ihrer Fürbitte verdankt. Er wird sich blau und schwarz darüber ärgern, dass die Motette im Druck erschienen ist, dass sie Ihnen Geld eingebracht hat und dass er sie nun sogar mitsingen muss."
„Soll er das?"
„Ja; anders tue ich es nicht; er hat eine gute Stimme und soll sogar, grad zu seinem Ärger, ein Solo bekommen, nämlich, wissen Sie, den dreistimmigen Solosatz in As-Dur mit dem Texte: ‚Drum gehet hin nach Bethlehem; da werdet ihr finden das Jesuskind in einer Krippe liegen.' Das war der erste Punkt, über den ich mich um Ihretwillen freue. Der andere Punkt bezieht sich auf Ihre Einsicht, dass ich Ihre Komposition ohne den angegebenen Grund wohl keinem Verleger angeboten hätte."
„Natürlich! Eine Schülerarbeit, mit vielen Unterlassungsfehlern, weiter nichts!"

„Richtig, sehr richtig! Das Wort Unterlassungsfehler ist gut gewählt und bezeichnet genau das, was ich sagen will. Da Sie die Musik nicht als Fachstudium treiben wollen, werden Sie zwar so viel komponieren lernen, wie man, um mich eines Volksausdruckes zu bedienen, für Haus und Küche braucht, mehr nicht; das genügt aber auch für Sie. Aber auch nur so weit sind Sie jetzt noch lange nicht. Sie haben zwar mit dieser Motette aus Zufall einen Treffer gemacht, aber ob Sie jemals wieder einen solchen machen werden, das lässt sich jetzt nicht sagen, denn Sie haben noch viel, sehr viel zu üben und zu lernen. Ich meine, dass Ihnen ernste, fromme Themata am besten glücken werden; das liegt überhaupt auch so in Ihrem ganzen Wesen. Direkte Fehler, sogenannte Begehungssünden, kommen in Ihrer Motette nicht vor; sie ist da sauber geschrieben. Aber die Übung fehlt, die Gewandtheit, die Inspiration. Denken Sie sich einen guten Sonntagsreiter und dann einen Schulreiter im Zirkus! Der Sonntagsreiter in der Komposition sind Sie; es fehlt Ihnen die hohe Schule; Sie kennen Ihr Pferd nicht und auch nicht die verschiedenen Hilfen, die Sie ihm geben müssen. So etwas will nicht nur angeboren, sondern auch gepflegt und geübt sein. Ein geübter Reiter der hohen Schule würde Ihre Motette ganz anders ein- und zugeritten haben. Verstehen Sie mich?“

„Ja, Herr Kantor. Ich sitze zu steif im Sattel und habe zwar körperliche, aber nicht auch geistige Fühlung mit dem Pferde.“

„So ist es; ja, so ist es ganz genau! Darum habe ich, wie Sie später wohl merken werden, einigen Ihrer steifen Figuren mehr Gewandtheit verliehen. Sie werden mir das, wenn Sie die Motette erst singen hören, nicht übelnehmen, zumal ich Ihnen von Ihren fünfundzwanzig Talern nicht einen einzigen dafür in Abzug bringe."
Der liebe, alte Herr sagte das mit seinem hübschen, herzgewinnenden Lächeln; dann fügte er hinzu, indem er mir die Hand zum Abschiede reichte:
„Ich würde Ihnen, dem armen Teufel, den Unterricht gern umsonst erteilen, aber Sie wissen ja, dass ich das bei meinen Gehaltsverhältnissen nicht kann. Sie werden das überstehen und vielleicht einst wohlhabender werden, als ich bin. Denken Sie dann an Ihren alten Kantor, der Ihrer ersten Motette auf die Beine geholfen hat. Nehmen Sie das Leben auch fernerhin so ernst wie jetzt, und nun für heut leben Sie wohl!"
Dieser brave Kantor, der mir stets mit gleichem Wohlwollen entgegenkam, gehört zu denjenigen Personen, denen ich noch jetzt, nach langen Jahren, eine unverminderte Dankbarkeit widme. Man wird später erkennen, warum ich diese freundliche Scene von ihm erzählt und dabei keinen Namen genannt habe. Er war ein Ehren- und humaner Mann, verlegte aber seine Welt nur in das kleine Notenzimmer, weil er auf Familienglück hatte verzichten müssen. Man kannte seine Frau als arge Xantippe, die, wie man sich erzählte,

den einzigen Sohn, den sie besaßen, durch ihre Härte nach Amerika getrieben hatte. –

Ich war also im Besitze von fünfundfünfzig Talern; damals welch ein großartiger Reichtum für mich! Es war mir zu viel; ich war ja gesund und konnte arbeiten. Dreißig schickte ich meinen armen Eltern; zwanzig legte ich für unvorhergesehene Bedürfnisse zurück, und fünf bestimmte ich zu einer Weihnachtsreise, auf welcher ich mich ausnahmsweise einmal recht splendid behandeln wollte. Fünf harte Taler zu einer Reise von höchstens einer Woche, die konnten ja gar nicht alle werden! Noch mehr als zwanzig Groschen pro Tag, das musste ja das reine Schlaraffenleben werden! Ich munkelte sogar ganz heimlich schon davon, natürlich zu mir selbst, dass ich mir unter Umständen eine halbe Flasche Wein, natürlich so billig und aber auch so gut wie möglich, gestatten werde. Welche Sorte ich wohl wählen und wie hoch im Preis ich gehen dürfe, das beschäftigte mich sehr lebhaft täglich in der halben Viertelstunde, welche dem Einschlafen voranzugehen pflegte! Du glückliche Zeit, wie lange bist du vorüber und niemals, niemals zurückgekehrt!

Der Kantor machte sein Versprechen wahr; die Motette wurde eingeübt und Krüger musste das dreistimmige Solo mitsingen, wofür er mich mit einem Hass bedachte, der mir manchen Ärger bereitete.

Dann erschien mein Weihnachtsgedicht; jeder Mitschüler wollte es haben; die betreffende Nummer des Blattes wurde

Weihnachtsmarkt Hohenstein, 1904

infolgedessen in vielen Exemplaren von unserer Buchhandlung bezogen, und als nachher das allmonatliche Freideklamieren stattfand, so genannt, weil jeder sein Gedicht sich selbst wählen konnte, leiteten alle meine dreiundzwanzig Klassengefährten ihre rhetorischen Produktionen folgendermaßen ein: „Weihnacht, Gedicht von Karl May“. Ich war der Einzige, welcher einem sogenannten Klassiker die Ehre erwies, auch mit genannt zu werden. Es wurde Mode, mein Gedicht im Notizbuch überall mit herumzutragen, um es bei jeder unpassenden Gelegenheit hervorzunehmen, und ich hatte das zweifelhafte Glück, noch monatelang mit Fragen bestürmt zu werden, warum ich grad diese und nicht jene Wendung gebraucht oder grad diesen und keinen anderen Reim gewählt habe. Es wurden Verse über Verse geschmiedet, bis die ganze Lehrerschaft sich endlich über die „Katheten und Moneten“, „Verbalien und Australien“, „Romulus und Fidibus“, „Multiplikant und Elefant“ so erbost fühlte, dass unter dem Vorsitze des bereits genannten „Alten“ beschlossen wurde, gegen diesen Unfug ohne Nachsicht vorzugehen. Die nun folgenden Verweise und anderen Strafen erreichten zwar ihren Zweck, hatten aber leider für mich die Folge, dass ich, der vorher so Vielumworbene, nun wie eine Selters- unter lauter Champagnerflaschen gemieden wurde, was den ebenso wohlbegründeten wie unerschütterlichen Vorsatz in mir wachrief, meine etwaigen Gedichte auf alle Fälle erst nach meinem Tode erscheinen zu lassen. Dass ich diesem Entschlusse bis auf einige wenige Ausnahmen treu geblieben bin, macht mich gewiss des Dankes der Mit- aber wohl schwerlich der Bewunderung der Nachwelt wert!

Was die oben erwähnte Weihnachtsreise betrifft, so pflegte ich in allen Ferien eine längere Fußwanderung vorzunehmen. Ich lag zufolge meiner Neigung, meiner Zukunftspläne und aus noch anderen Ursachen mehr über den Büchern als meine Mitschüler und musste mich darum von Zeit zu Zeit einmal tüchtig körperlich ausarbeiten, was durch eine weite Gehtour am besten geschehen konnte. Dabei schloss sich mir meist ein mir sehr sympathischer Mitschüler an, der, wenn auch nicht so arm wie ich, aber doch ebenfalls zur Sparsamkeit veranlasst war. Ein fleißiger und ernster

Junge, pflegte er, außer mit mir, nicht viel zu sprechen und wurde deshalb Cyprinus Carpio oder kurz weg Carpio genannt, weil Karpfen bekanntlich auch nicht gern viele Worte machen. Wir pflegten unsere beiderseitige Barschaft zwar nicht in eine gemeinsame Reisekasse zu verschmelzen, aber doch der eine mit den Mitteln des andern zu rechnen, was zur Folge hatte, dass der, welcher mehr besaß, sich stets bemühte, heimlich dafür zu sorgen, dass der gegenwärtig Ärmere nicht unter seinem augenblicklichen Proletariat zu leiden hatte. Es kamen da Beispiele von Selbstlosigkeit und Aufopferung vor, welche wirklich rührend waren, obgleich oder vielleicht grad weil es sich dabei um ganz geringe Beträge, um Groschen oder gar nur um Pfennige handelte. Das ganz natürliche Ergebnis dieses Verhaltens war, dass am Schlusse jeder solchen Reise bei beiden der Rest ihres Geldes genau derselbe war. Wenn einer unserer heutigen Finanzminister dabeigestanden und gehört oder gesehen hätte, mit welch einer weisen und bedachtsamen Wichtigkeit wir über die geringste Ausgabe verhandelten, er hätte von uns lernen können. Wir sind sogar einmal über den Fluss geschwommen, um zwei Kreuzer Fährgeld zu ersparen.

William Hahn: Schneesturm in den Sierras (1876)

2. Unerwartete Weihnachtsfeier

Unten zieht des Festes Freude
jetzt in aller Herzen ein,
droben ist mit seinem Leide,
seinem Grame er allein.

Betend faltet er die Hände,
hebt das Auge himmelan:
„Vater, gib ein selig Ende,
dass ich ruhig sterben kann!

Blicke auf dein Kind hernieder,
das sich sehnt nach deinem
Licht.
Der Verlorne naht sich wieder;
geh mit ihm nicht ins Gericht!“

Es war ein alter Mann mit einer jüngeren Frau und einem vielleicht dreizehn Jahre alten Knaben. Sie mussten arm, sehr arm sein, wie ihre Kleidung bewies, welche keinen Schutz gegen die Kälte des Winters bieten konnte. Der weißhaarige, tief gebückte Alte kam mit wankenden Schritten herein und ließ sich vor Ermüdung gleich auf den nächsten Stuhl niederfallen. Da schloss er, ohne uns zu beachten, die tiefliegenden Augen und holte in einer Weise laut und rasselnd Atem, dass ich glaubte, er müsse vollends zusammenbrechen. Der Knabe legte liebevoll und besorgt den Arm um seine Schulter und streichelte ihm mit der andern Hand die zum Erschrecken hagere Wange. Beide hatten, der eine vor Ermüdung und der andere aus kindlicher Unkenntnis, keinen Gruß gesagt. Die Frau aber grüßte, legte das Bündel, welches sie trug, neben dem Alten nieder, faltete die Hände und fragte in flehendem Tone:

„Haben Sie vielleicht einen Platz für uns im Stalle?"

„Bettelvolk, das sich verstellt und nichts tun, als vielleicht nur stehlen will", flüsterte die Wirtin ihrem Manne zu.

Sie war nicht so gutmütig wie er, der gar nicht auf diese Worte hörte, sondern die drei Personen mit mitleidigen Augen betrachtete und sich dann erkundigte:

„Warum im Stalle und nicht im Bett?"

„Weil wir nicht bezahlen können", antwortete die Fremde mit einem schweren Seufzer.

„Warum kommt ihr da zu uns? Hier ist keine Herberge für Handwerksburschen und Leute, wie ihr seid!“, fiel die Wirtin schnell ein.
„Wir haben nach der Herberge gefragt, aber wir konnten nicht weiter; mein Vater fiel vor Müdigkeit um.“
Die Wirtin wollte noch etwas sagen, aber Franzl winkte ihr mit der Hand zu schweigen, und forderte die Fremde auf, ihm die Legitimation zu zeigen. Sie zog einen sorgfältig in ein Tuch gewickelten Pass hervor, den sie dem Wirte gab. Er las ihn, schüttelte den Kopf, musterte die drei Personen noch einmal und sagte dann im Tone des Erstaunens:
„So weit kommt ihr her – in diesem Schnee und dieser Kälte! Und nach Amerika wollt ihr – nach Amerika, in diesen Kleidern und ohne Geld! Entweder ist das eine Lüge oder seid ihr nicht bei Troste!“
„Es ist keine Lüge“, versicherte sie; „der Pass beweist es ja.“
„Aber wer nach Amerika will, muss Geld haben! Die Fahrt auf dem Schiffe hat kein Mensch umsonst!“
„Mein Mann hat uns die Schiffskarten geschickt.“
„Ihr Mann? Ist der schon drüben?“
„Ja. Er ist vor drei Jahren hinüber und hat gearbeitet und gespart, bis er uns die Schiffskarten schicken konnte.“
„Nur die Karten? Man braucht doch auch Geld, um bis nach der Hafenstadt zu kommen!“
„Das hatten wir, denn wir haben alles, was wir besaßen, verkauft. Viel war es freilich nicht, denn wir sind arme Leute,

Falkenau a. d. Eger

und die Käufer waren ebenso arm wie wir; aber bis nach Bremen hätte es gereicht, wenn mein Vater nicht krank geworden wäre. Er bekam einen Blutsturz, und es dauerte fast zwei Monate, ehe wir weiterkonnten; da ist das bisschen Reisegeld alle geworden."

„Aber, mein Gott, da hättet ihr doch nicht weiter-, sondern wieder heimgehen sollen!"

„Heim? Was wollten wir dort, wo wir nichts mehr hatten und wo es uns schon vorher schlecht gegangen war? Wir haben doch die Schiffskarten, und drüben wartet mein Mann auf mich."

„Ja, richtig! Aber es ist doch ein Kreuz und ein Elend, sich so ohne Geld und in einer solchen Kälte bis nach Bremen durchzubetteln! Ich weiß gar nicht, wie lange man da zu laufen hat, um hinzukommen. Wisst denn ihr den Weg?"

„Wir haben gefragt und werden uns auch weiter so durchfragen."
„Na, sehr weit werdet ihr wohl nicht kommen, wenn der alte Mann so bleibt, wie er jetzt da auf dem Stuhle sitzt!"
„Wir werden uns ausruhen, wenn er es nur noch einen oder zwei Tage aushalten kann. Wir haben droben in Graslitz einen Verwandten, einen Blasinstrumentenmacher, der uns bei sich behalten wird, bis sich der Vater erholt hat."
„Nach Graslitz wollt ihr? So hoch hinauf, bei diesem Schnee? Leute, ihr seid verrückt!"
„Oder auch sie sind nicht verrückt", sagte seine Frau. „Man soll nur Mitleid haben. Der Pass wird wohl richtig sein; aber ob sie auch wirklich nach Amerika oder nur so herumzigeunern wollen, das ist eine andere Frage."
Da begann die Fremde zu weinen, wickelte noch ein Couvert aus dem Tuche, gab es dem Wirte und schluchzte:
„Wir sind nur unglückliche Leute, aber keine Vagabunden. Wenn Sie sich überzeugen wollen, so machen Sie dieses Couvert auf; die Schiffskarten liegen drin!"
„Nein, behalten Sie es nur; ich brauch' es nicht zu sehen", sagte Franzl, den die Tränen der Frau rührten. „Wollen sehen, was wir mit euch machen. Vor allen Dingen werdet ihr Hunger haben. Setzt euch dort an den Tisch!"
Die Frau warf ihm einen innigen Blick des Dankes zu und folgte seiner Aufforderung; die Wirtin aber stand unwillig brummend von ihrem Stuhle auf und verschwand in der

Küche. Als sie hinaus war, raunte uns Franzl in vertraulichem Tone zu:
„Jetzt ist sie wild; aber ich tu doch, was ich will. Mann ist Mann, und wenn er tausend Weiber hat; annus producit, non ager, und nach dem Stalle werde ich diese armen Teufel doch nicht weisen."
Auch wir zwei fühlten Mitleid mit den Leuten und taten ungesäumt, was wir, die wir hier nichts zu sagen hatten, tun konnten: Ich trug mein volles Weinglas dem Alten hin, um ihn trinken zu lassen, und Carpius, dessen Teller noch voll war, gab ihn dem Knaben, der sich mit wahrem Heißhunger sofort über das Essen machte.
Es verging eine ziemliche Weile, ohne dass die Wirtin wiederkam; da wurde nun auch Franzl wild; er stand vom Tische auf und ging in die Küche, aus welcher dann die durch die Tür unterdrückten Töne eines sehr unregelmäßig komponierten Duettes zu uns drangen. Im ersten Teile hatte der sehr erregte Diskant die Führung, während der Bass nur zuweilen in besänftigender Weise einfiel; dann aber änderte sich die Stimmführung allmählich, bis sich der Bass in sehr kräftigen Kadenzen produzierte und der Sopran seine Existenz in einem verschwindenden Triller aushauchte, dem wir es deutlich anhörten, dass die Wirtin der Küche durch eine zweite Tür Valet sagte. Dann kam Franzl strahlenden Gesichtes wieder.
„Sie ist zur Nachbarin gegangen, wo nun weiter geblasen wird", gestand er uns, die wir nicht wenig stolz auf dieses

sein Vertrauen waren. „Inzwischen können wir hier machen, was wir wollen. Nun passen Sie einmal auf!"
Er nahm die große, noch halbvolle Fisolenschüssel und trug sie den Leuten hin; er nahm die ebenso noch halbvolle Fleischschüssel und trug sie den Leuten hin; er nahm noch eine ganz volle Weinflasche und trug sie den Leuten hin; er nahm alles, was auf unserm Tische stand und lag, und trug es den Leuten hin, und als es nichts mehr zu nehmen und zu tragen gab, setzte er sich noch selber zu ihnen hin und forderte uns auf:
„Kommen Sie auch her, meine Herren Studenten! Wir wollen uns mit diesen guten Leuten über Amerika unterhalten. Vielleicht können wir Neues von drüben erfahren, da der Mann dieser Frau geschrieben hat."
„Interessieren Sie sich für Amerika?", fragte Carpio.
Er besaß nämlich eine große Vorliebe für das Land jenseits des atlantischen Ozeanes, denn es wohnte ein Verwandter von ihm drüben, von dem seine Eltern zuweilen einen Brief bekamen. Welchen Grades die Verwandtschaft war, hatte ich nie von ihm erfahren können. Er liebte es, den amerikanischen Vetter so tief wie möglich zu verschleiern, und ließ aus diesem Dunkel nur zuweilen drei einzelne Blitze hervorschießen, die mir nach und nach so bekannt wurden, dass ich sie endlich selber auch hervorschießen lassen konnte: Erster Blitz – – El Dorado! Zweiter Blitz – – Millionär! Dritter und hellster Blitz – – Universalerbe! Ob er diese Blitze auch

jetzt erscheinen lassen werde, darauf war ich sehr gespannt.
Franzl gestand aufrichtig, dass ihm die Gegend von Eger bis nach Karlsbad viel bekannter sei als die vielen Staaten und Territorien der United States of America, und so setzte sich mein alter respektive sein neuer Busenfreund in Positur und ließ denjenigen Abschnitt unseres „Lehrbuches für höhere Schülerklassen“ los, welches von den Vereinigten Staaten handelte. Er hatte ihn nämlich wegen der oben erwähnten drei Blitze auswendig gelernt. Er fand für seinen Vortrag in Franzl einen sehr aufmerksamen, in mir einen sehr zerstreuten und in den drei Fremden gar keinen Zuhörer, denn diese waren zu sehr mit sich selbst und der Stillung ihres Hungers beschäftigt, als dass sie auf die trockenen Einwohnerzahlen der verschiedenen See-, Fluss- und andern Städte hätten achten können.
Es war rührend anzusehen, welche liebevolle Sorgfalt die Frau ihrem Vater widmete und wie auch der Knabe ihm das Beste von dem anbot, was er auf seinem Teller liegen hatte. Der Greis war so schwach, dass er sich kaum aufrecht halten konnte und wie ein Kind gespeist werden musste. Der Wein tat ihm gut, doch essen konnte er nur wenig; er schien vor allem der Ruhe, des Schlafes zu bedürfen, und wenn ich ihm so in das abgehagerte Gesicht blickte, war es mir so, als ob dieser Schlaf sein letzter sein werde.

Die Frau hatte, ehe sie nach dem ersten Bissen langte, laut gebetet, und man sah es ihr dabei an, dass sie das nicht unsertwegen, sondern aus Gewohnheit und Überzeugung tat; am Schlusse des Mahles betete sie wieder und bat dann den Wirt, ihren Vater zur Ruhe legen zu dürfen. Da aber schüttelte der Alte den Kopf und sagte mit seiner müden, hohlklingenden Stimme:
„Nein, lass mich noch sitzen, meine Tochter! Wir sind durch Sturm und Schnee und Frost gewandert, als überall in den warmen Stuben die Weihnachtsbäume brannten. Wir mussten weiter, immer weiter, von Ort zu Ort, ohne uns auch mit freuen zu dürfen. Ich habe euch kein Licht anzünden und nichts schenken können; ihr musstet frieren und hungern während der heiligen Tage, und da ich euch nicht auch noch mit Tränen betrüben wollte, weinte ich sie in mich hinein. Hier aber ist mir wohl; hier sind wir freundlich aufgenommen worden; hier ist es warm, und wir sind satt; hier wollen wir unser Weihnachtsfest feiern!"
Seine Worte waren oft durch einen trockenen, quälenden Husten unterbrochen worden. Jetzt, als er schwieg, faltete er die Hände und bewegte leise betend die Lippen. Die Frau legte ihre Hände auch zusammen und weinte leise vor sich nieder. Der Knabe biss die Zähne zusammen und sah uns an, im Zweifel darüber, wie wir uns verhalten würden, wenn er sein gewaltsam unterdrücktes Schluchzen nicht mehr niederhalten könne. Er war ein wackerer, kleiner Kerl!

Der betende Greis kam mir jetzt nicht mehr wie ein Bettler vor. Wenn die Berge hoch zum Himmel steigen, bedecken sie ihre Häupter mit Schnee, und wenn der Schnee des Alters den Menschen krönt, ist er dem Himmel nahe; Himmelsnähe aber erweckt Ehrfurcht in jeder fühlenden Menschenbrust. Der mit zitternden Lippen um Einlass in den Himmel bittende Alte, die still weinende Frau und der mit seinen Tränen kämpfende Knabe, sie waren für mich ihrer Bettlerschaft entkleidet und zwangen mich, an die Schriftworte zu denken: „Wo zwei oder drei versammelt sind in meinem Namen, da bin ich mitten unter ihnen." Welchen Eindruck machte die jetzige Situation gegen die kindische Heiterkeit, welche vorher hier geherrscht hatte! Während draußen in der Abendkälte das Elend sich mühsam durch die verschneiten Wege geschlichen hatte, waren wir beschäftigt gewesen, die Zeit mit schülerhaften Witzen totzuschlagen. Ich schämte mich!
Der Wirt schien etwas Ähnliches wie ich zu fühlen; er räusperte sich einige Mal, wie um aus einer inneren Verlegenheit herauszukommen, und sagte dann:
„Ja, ihr sollt hier Weihnachten feiern; ich tue es; ich hole ihn herein!"
Er ging in den Flur hinaus, und dann hörten wir ihn jenseits desselben eine Tür öffnen, welche, wie wir später erfuhren, in das Wohnzimmer führte. Wer der „ihn" war, den er holen wollte, sahen wir, als er einen buntbehangenen Christbaum

getragen brachte, dessen Lichter noch nicht ganz abgebrannt waren. Er stellte ihn auf den Tisch, bat uns, die Lichter anzuzünden, und entfernte sich dann wieder. Der fremde Knabe sprang auf und bat uns mit strahlenden Augen, uns helfen zu dürfen, ein Wunsch, den wir ihm natürlich mit Freuden erfüllten.

Dann kam Franzl wieder. Er brachte einige Kleidungsstücke von sich und seiner Frau, auch einen Kuchen und eine Wurst, welche er unter den Baum legte; dazu fügte er fünf blanke Gulden, indem er sagte:

„Hier, das beschert euch das heilige Christkind, welches eure Tränen gesehen und euer Gebet gehört hat. Bedankt euch bei ihm und nicht bei mir!"

Welch eine Freude gab es jetzt! Die Augen des Greises öffneten sich weit, um das Licht der Weihnachtskerzen in sich aufzunehmen; die Frau weinte jetzt nicht mehr Schmerzens-, sondern Freudentränen, und der Knabe schlang seine Arme um ihren Hals, um das Schluchzen, welches ihn jetzt von Neuem übermannen wollte, an ihrer Brust zu verbergen. Ich konnte nicht anders, ich musste in die Tasche greifen und einen Gulden herausnehmen, den ich zu den fünf des Wirtes legte. Als Carpio dies sah, sagte er leise zu mir:

„Ja, ihr könnt geben, ihr! Der Franzl hat reich geheiratet, und du hattest fünf Taler, ich aber nur drei; ich bin der Ärmste und kann nichts – – und doch, doch, ich kann auch etwas geben, wenn auch kein Geld wie du; pass nur auf!"

Er bat um Schweigen, stellte sich neben den Baum und begann zu deklamieren:

„Ich verkünde große Freude,
die euch widerfahren ist,
denn geboren wurde heute
euer Heiland Jesus Christ – –“

Wie kam es nur, dass mein eigenes Gedicht mir so fremd vorkam, so als ob es nicht von mir, sondern von einer ganz andern Person, einem ganz andern Wesen stamme? Je weiter er sprach, desto fremder kam es mir vor und desto tiefer griff es mir in die Seele hinein. Auch die andern hörten voller Andacht zu. Der Greis wendete keinen Blick von dem Redner; seine Augen bekamen Glanz; es tauchte ein seltsames Licht in ihnen auf. War das der Reflex des brennenden Weihnachtsbaumes? Oder war es der Schein einer höhern Klarheit, welche jetzt sein Herz erleuchtete? Er breitete die auf dem Tische liegenden Hände auseinander und öffnete sie, als ob er, sich aus seiner zusammengesunkenen Haltung aufrichtend und den vorher so müden Kopf hoch hebend, eine unsichtbare, von oben kommende Gabe ergreifen und festhalten wolle. Er hörte fast ohne Atem zu, richtete sich, als Carpio geendet hatte, langsam auf, sodass er kräftig und kerzengerade am Tische stand, und bat:

„Noch einmal das Letzte, noch einmal! Oh bitte, wiederholen Sie es von da an, wo der Priester spricht!"
Carpio kam diesem Wunsche nach, und es war mir auch jetzt wieder, als ob es nicht meine, sondern die Worte eines andern seien:

„Und der Priester legt die Hände
segnend auf des Toten Haupt:
‚Selig, wer bis an das Ende
an die ewge Liebe glaubt!

Selig, wer aus Herzensgrunde
nach der Lebensquelle strebt
und noch in der letzten Stunde
seinen Blick zum Himmel hebt!

Suchtest du noch im Verscheiden
droben den Erlösungsstern,
wird er dich zur Wahrheit leiten
und zur Herrlichkeit des Herrn.

Darum gilt auch dir die Freude,
die uns widerfahren ist,
denn geboren wurde heute
auch dein Heiland Jesus Christ!'" – –

Da legte der Alte die ausgebreiteten Hände wieder ineinander, sank auf den Stuhl zurück, schloss, indem ein seliges Lächeln über sein Gesicht ging, die Augen und wiederholte leise, doch so, dass wir sie hörten, die Worte:
„Darum gilt auch dir die Freude, – – die uns widerfahren ist, – – denn geboren wurde heute – – auch dein Heiland Jesus Christ! Das gilt auch mir – – mir – – – mir! Ich habe ihn gesucht – gesucht – gesucht – – und heut ist er gekommen! Ich sehe ihn; ich sehe seinen Stern; ich sehe das Licht, welches da leuchtet auf den Feldern von Bethlehem! Und wie war das, wie? Ich meine das, was Simeon sagte, als er im Tempel den Heiland sah."
Ich nickte Carpio zu, und dieser antwortete:

„Herr, nun lässest du in Frieden
deinen Diener zu dir sehn,
denn sein Auge hat hienieden
deinen Heiland noch gesehn!"

„Ja, ja, so ist es; ich sehe ihn!", fuhr der Alte fort, noch immer geschlossenen Auges. Er bewegte die Lippen wieder wie früher, jetzt aber nicht betend; das sah man deutlich; er schien nach Worten zu suchen, nach Worten, welche er gehört hatte und in ihrem Zusammenhange nicht wiederfinden konnte. Dann fragte er: „Und wie, wie heißt es in dem Gedichte von dem Sünder? Wie sagte er, als er um Erbarmen flehte?"

Dieses Mal antwortete Carpio, ohne meinen Wink erst abzuwarten:

„Betend faltet er die Hände,
hebt das Auge himmelan:
‚Vater, gib ein selig Ende,
dass ich ruhig sterben kann!

Blicke auf dein Kind hernieder,
das sich sehnt nach deinem Licht.
Der Verlorne naht sich wieder;
geh mit ihm nicht ins Gericht!‘“ – –

„Blicke auf dein Kind hernieder“, wiederholte der Greis, – – „das sich sehnt nach deinem Licht; – – der Verlorne naht sich wieder; – – geh mit ihm nicht ins Gericht! – – – Nicht, nein, nein! – – nicht ins Gericht!“, rief er laut aus, indem er die Augen weit aufriss und mit einem angstvollen Blicke rund um sich starrte. Dann schloss er sie wieder; der Ausdruck der Angst verschwand; ein leises, uns zu Herzen gehendes Lächeln breitete sich über sein Gesicht, und dann kam es flüsternd und immer leiser und langsamer werdend über seine Lippen: „Suchtest du noch im Verscheiden – – droben den Erlösungsstern – – wird er dich zur Wahrheit leiten – – und zur Herrlichkeit des Herrn – –! Wahrheit – – Herrlichkeit, oh Herrlichkeit – –! Ich bin müde;

ich will schlafen, schlafen gehen – – schlafen gehen – – schlafen!“
Er legte den Kopf hintenüber und ließ ihn dann zur Seite nach der Schulter fallen.
„Mein Gott, er stirbt – er stirbt!“, sagte der Wirt besorgt.
„Nein, er stirbt nicht“, beruhigte ihn die Frau. „Er ist nur müde von dem weiten, schweren Wege und von der innern Erregung jetzt. Er hat oft solche doppelte Müdigkeit. Aber schlafen muss er jetzt. Bitte, sagen Sie mir, wohin ich ihn bringen soll!“
„Bringen? Sie werden ihn tragen müssen?“
„Halb geht er, und halb halte ich ihn.“
„Ich werde Ihnen helfen. Wir haben oben eine Stube mit drei Betten. Ihr Sohn mag dort das Licht nehmen!“
Sie griffen dem Alten unter die Arme und zogen ihn empor; er kam wieder zu sich und schritt, von ihnen unterstützt, doch ohne die Augen zu öffnen, zur Tür hinaus. Als ich nun mit Carpio allein war, sagte dieser:
„Das war eine unerwartete Weihnachtsfeier, unerwartet und ergreifend, wie ich noch keine erlebt habe!“

„Aber, Sappho, was sagst du dazu? Diese Leute sind keine gewöhnlichen Leute; ich glaube nicht, dass sie dem gewöhnlichen, dem Arbeiterstande angehören.“
Der allerwegs zerstreute Freund pflegte dergleichen Beobachtungen sonst nicht zu machen; ich war ganz seiner An-

sicht, erkundigte mich aber:
„Warum denkst du das?"
„Sie haben eine Weise, sich auszudrücken, welche auf einen bessern als den gewöhnlichen Arbeiterstand schließen lässt. Und sodann hat der Alte die Disposition, den Gedankengang deines Gedichtes so schnell begriffen und sich einzelne Strophen so leicht gemerkt, dass ich darauf schwören möchte, er habe es früher mehr mit geistiger als mit anderer Arbeit zu tun gehabt. Oder bist du anderer Meinung?"
„Nein. Ich vermute sogar noch mehr."
„Was?"
„Dass diese Familie unter einem sehr schweren Schicksale gelitten hat."
„Verdienter Weise?"
„Ob verdient oder nicht verdient, das kann ich natürlich nicht wissen. Der angstvolle Blick, mit welchem der Greis so plötzlich aufgerissenen Auges um sich schaute, gibt auch keinen Anhalt. Diese Angst kann sich sowohl auf eigene wie auch auf erlittene Missetaten beziehen. Doch, das geht uns nichts an. Ich stimme dir aber darin bei, dass es wirklich eine ergreifende Weihnachtsfeier war, die ich nicht so leicht vergessen werde."

William Hahn: Indianer im Schnee (ca. 1880)

3. Ich verkünde große Freude

Selig, wer aus Herzensgrunde
nach der Lebensquelle strebt
und noch in der letzten Stunde
seinen Blick zum Himmel hebt!

Suchtest du noch
im Verscheiden
droben den Erlösungsstern,
wird er dich zur Wahrheit leiten
und zur Herrlichkeit des Herrn!

Darum gilt auch dir die Freude,
die uns widerfahren ist,
denn geboren wurde heute
auch dein Heiland Jesus Christ!

Welch ein Tor bin ich gewesen, was für ein großer Tor!", sagte Mr. Hiller. „Ich will euch gestehen, dass ich seelisch blind war, vollständig blind. Meine Frau schreibt mir, dass ihr nicht wisst, welchem Stande ich drüben angehört habe, und es würde auch zu nichts führen, wenn ich es euch jetzt mitteilte; aber ich war stolz, eingebildet und oft sogar brutal mit denen, welche nicht so hoch standen wie ich. Ich glaubte, nichts als nur Herr zu sein, und dachte nie daran, dass ich alles nur dem Zufall der Geburt zu verdanken hatte und ebenso gut der Sohn eines niedrigstehenden armen Teufels hätte sein können. Ich lachte über die Leute, welche da sagen, dass der von Gott geschenkte Adel verpflichte, auch wirklich adelig zu sein und adelig zu handeln; ich höhnte über die christliche Lebensregel, welche dem Hochstehenden gebietet, Liebe zu säen, um dafür doppelt Liebe zu ernten. Ich säte Hochmut und erntete Widersetzlichkeit und Hass; ich streute Dünkel und Verachtung aus und bemerkte nicht, dass infolgedessen überall der Abfall und die Rache keimten. Durch meinen Hochmut machte ich mir einen Mann zum Feind, der gewissenlos und dabei mächtiger und klüger war als ich; er beschloss, mich zu stürzen, und dies gelang ihm nur zu gut. Ein einziger Tag genügte, mich zum ehrlosen Bettler zu machen. Nun suchte ich Unterstützung und Hilfe ringsumher; ich wurde überall mit derselben Verachtung abgewiesen, welche ich vorher so reichlich ausgegeben hatte. Ein einziger Mensch, ein Nachbar, nahm sich unser an, aber auch nicht meinet-, sondern meiner Frau und ihres Vaters wegen. Ich war, anstatt in mich zu gehen, außer mir; ich wütete gegen das Gesetz, gegen die Behörden; die Folge war, dass ich mich nur durch die Flucht den schlimmen Folgen entziehen konnte; ich entkam nach Amerika. Mein Weib folgte mir später mit unserem Kinde; ihr Vater war unterwegs elend zugrunde gegangen. Ich sah auch jetzt noch nicht ein, dass ich, nur ich allein unser Unglück verschuldet hatte. Ich haderte gegen das Schicksal, denn mit Gott konnte ich nicht hadern, weil ich den Glauben an ihn längst zu den Kindermärchen geworfen hatte. Ich machte sogar meiner Frau, die mir aufopferungsvoll und treu in die Ehrlosigkeit und Verbannung gefolgt war, das Leben zur Qual. Ich trachtete nur nach Geld, nach Geld, nach Geld, welches ich brauchte, um den Prozess, welcher meine Unschuld beweisen sollte, anstrengen zu können. Darum ging ich hier so schnell und mit Freuden darauf ein, das Finding-hole mit auszunehmen, und darum stellte ich mich sofort auf die Seite eurer Gegner, als Winnetou behauptete und auch bewies, dass es nicht uns, sondern ihm gehöre. Ich war noch härter geworden, als ich früher war; ich besaß keinen Gott, keinen Glauben, keine Liebe; die Demut war mir ein lächerlicher Begriff, und darum kam ich nie zur Einkehr in mich selbst. Nur Rache, Vergeltung brütete ich; diese beiden waren die Göttinnen, denen ich diente. Alle meine Gedanken, meine Wünsche und Bestrebungen wurden nur von dem glühenden Verlangen geleitet, nach dem grausamen Gesetze ‚Auge um Auge, Zahn um Zahn' zu handeln. Da stürzte drüben die Lawine herab, und es kam die Ewigkeit jener fürchterlichen halben Stunde, in welcher Gott mir Antwort auf meine Lästerungen gab. Ich will und kann euch nicht beschreiben, was ich in dieser kurzen und doch so langen Zeit fühlte und dachte. Mein ganzes Leben ging an mir vorüber; ich durchlebte es noch einmal, aber nicht in dem Glanze, der mich einst umgab, sondern vor dem knirschenden Gebiss des Bärenrachens, dessen Zähnen ich in gottloser Lästerung mein Gehirn verschrieben hatte. Da tagte es in mir, schnell und licht; ich sah, was ich gewesen war. Man sagt, dass in der Stunde des Sterbens das ganze Leben mit allen begangenen Fehlern in greller Beleuchtung an dem Auge vorüberziehe; bei mir wurde diese Sage wahr. Im Reichtum und auf hoher Staffel geboren, war ich das ganze Leben hindurch mein eigener Gott gewesen, um jetzt, am Ende desselben, nichts zu sein als ein elender, armseliger Raubtierfraß, der nicht einmal nach Hilfe rufen durfte! Ich musste schweigen, denn jeder Ruf hätte den Bären auf mich gelenkt; aber meine ganze Seele war ein einziger Schrei, ein einziges Gebet um Rettung aus dieser Todesnot. Und Gott erhörte dieses Gebet; er sandte in seiner Weisheit grad die zu meiner Befreiung, deren Feind ich ohne Veranlassung von ihnen geworden war. Und nun, was tun sie jetzt? Anstatt sich zu rächen, bescheren sie mir, geben mir

S. 53: William Hahn: Signalfeuer (1880)

alles, alles wieder, was ich verloren habe, alles und noch viel, viel mehr dazu! Denn, dass ihr wisst, ihr habt mich zu einem andern Menschen gemacht. Ich glaube nun an Gott, und ich weiß, weshalb mich seine weise Hand in die Tiefe führte. Was ich nie besessen habe, ich werde es von heute an besitzen: das wahre Lebensglück, denn ich werde von jetzt an sein, wie ich nie gewesen bin: gläubig, demütig und voll Vertrauen gegen Gott, streng gegen mich selbst und liebevoll und hilfsbereit gegen alle Menschen, welche, wie ich jetzt erkenne, meine Brüder sind. Ich habe eine schwere Schule durchgemacht; ein anderer an meiner Stelle wäre da wohl zugrunde gegangen; aber Gott wusste gar wohl, dass es bei mir so starker Mittel zur Heilung bedurfte, und Ihr, Mr. Shatterhand, habt ja schon als Knabe ganz richtig gesagt:

‚Hat der Herr ein Leid gegeben,
gibt er auch die Kraft dazu;
bringt dir eine Last das Leben,
trage nur, und hoffe du!' –

Er hatte, wohl damit Winnetou alles verstehen solle, englisch gesprochen; diese Strophe aber sagte er natürlich deutsch. Als Reiter sie hörte, fiel er in froher Überraschung schnell ein:
„Was – – was bringen Sie da für Verse?! Die sind ja aus dem Gedichte, welches mir mein Vater geschickt hat! Es stammt

von einem seiner früheren Schüler. Woher haben Sie es denn?“
Hiller sah erst ihn, hierauf mich an und fragte ihn dann:
„Kennen Sie diesen einstigen Schüler? Wissen Sie, was aus ihm geworden ist?“
„Nein.“
„Ah, das ist interessant, hochinteressant! Auch ich habe bis zu dieser Stunde keine Ahnung davon gehabt; aber hier im Briefe meiner Frau wird es gesagt. Sie brachte das Gedicht mit von drüben herüber, und es ist ihr eine wahre, feste Stütze in jedem Leid gewesen. Ich lachte darüber, habe es aber doch so oft von ihr und meinem Sohne gehört, dass ich es wohl auswendig kann. Es ist, als ob jener Schüler die Worte

‚Blicke auf dein Kind hernieder,
das sich sehnt nach deinem Licht.
Der Verlorne naht sich wieder;
geh mit ihm nicht ins Gericht!‘

nur auf mich gedichtet hätte. Meine Frau hörte es einst unter einem Weihnachtsbaume von einem Mitschüler des Verfassers. Wir sitzen auch hier, im wilden Westen, unter dem Christbaume, und nichts gehört so zur heutigen Feier wie dieses Gedicht. Ich werde zwar wahrscheinlich verschiedene Male stocken, aber ich denke doch, dass ich nichts auslassen werde; also will ich es jetzt – –“

„Halt, halt!“, unterbrach ihn Reiter. „Ich kann es auswendig und werde keine Fehler machen. Erlauben Sie also, dass ich es deklamiere!“
Da erklang die Stimme Carpios:
„Nein, keiner von Ihnen, sondern nur ich darf das tun. Old Shatterhand will es so, und er hat das Recht zu bestimmen, denn er ist der Dichter, und ich bin jener Mitschüler, von welchem Mr. Hiller gesprochen hat!“
Er hatte das zwar langsam und müde, aber deutlich gesagt. Reiter wollte seiner Verwunderung Worte geben; ich winkte ihm aber, still zu sein.
„Komm, lieber Sappho!“, bat Carpio. „Richte mich auf und nimm mich an deine Brust! Ich weiß, dass ich jetzt zum letzten Mal im Leben sprechen werde, und das sollen deine Weihnachtsworte sein!“
Ich erfüllte seinen Wunsch und hielt ihn an meinem Herzen fest. Über uns leuchteten die Sterne Gottes; vor uns brannten die Lichtreste des Christbaumes; sie waren abgebrannt und begannen, nacheinander zu erlöschen. So verlischt das Menschenleben hier im Erdenthale; aber droben am Firmamente leuchten die Wahrzeichen des ewigen Lebens weiter, und jeder Strahl von ihnen soll uns sagen, dass der Tod nichts anderes als die Pforte des Himmels, der Anfang einer herrlichen Auferstehung sei. Der Sterbende faltete die Hände und ließ sein Auge stumm auffordernd rund im Kreise gehen; er wurde verstanden, und jeder legte die Hände

S. 57: Henry F. Farny: Erfolgreiche Jagd (1880)

·FARNY·1906·

auch zusammen. Ein milder, frommer Gotteshauch schien durch das abgeschlossene Tal zu wehen; es lagerte rings um uns jetzt in Wahrheit das, wovon das liebe Christlied singt: eine stille Nacht, eine heilige Nacht. Mit einem seligen Lächeln auf dem todesbleichen, eingefallenen Angesicht begann Carpio:

„Ich verkünde große Freude,
die euch widerfahren ist,
denn geboren wurde heute
euer Heiland Jesus Christ!

Jubelnd tönt es durch die Sphären,
Sonnen künden's jedem Stern;
Weihrauch duftet auf Altären,
Beter knien nah und fern. – –“

Er hatte laut angefangen; aber seine Stimme verlor von Strophe zu Strophe mehr von ihrer Stärke, doch hörte man bei der rundum herrschenden tiefen Stille deutlich jedes einzelne Wort. Ich sah, dass er die Augen schloss, dennoch sprach er weiter, langsamer und immer langsamer. Es klang so fremd, so sonderbar wie aus einer andern, uns unbekannten Sphäre herüber. Ich war tief erschüttert und weinte wie ein Kind; ob auch andere weinten, sah ich nicht, weil die Tränen mir ohne Aufhören die Augen füllten. Bei der Stelle:

„Und der Priester legt die Hände,
segnend auf des Toten Haupt“,

breitete er die Arme aus und fuhr mit erhobener Stimme fort:

„Selig, wer bis an das Ende
an die ewge Liebe glaubt!“

Damit war aber seine Kraft erschöpft, denn nun klang es leiser, immer leiser, nach und nach ersterbend:

„Selig, wer aus Herzensgrunde
nach der – – Lebensquelle – – strebt
und – – noch in der – – letzten – Stunde
seinen – – Blick – – zum Himmel – – – –“,

und das letzte Wort „hebt“ verhauchte in einem fast unhörbaren Seufzer. Carpio war tot. Der Himmel hatte nicht nur seinen letzten Blick, sondern ihn selbst emporgezogen. Das letzte Licht am Baum verlöschte; es war, als ob das ganze Tal und jeder von uns stumm geworden sei. Ich hielt den Toten noch fest an der Brust. Da bog Hiller sich von seinem Platze weit herüber, legte ihm die Hand auf das niedergesunkene Haupt und vollendete mit vor Bewegung zitternder Stimme das Gedicht:

„Suchtest du noch im Verscheiden
droben den Erlösungsstern,
wird er dich zur Wahrheit leiten
und zur Herrlichkeit des Herrn.

Darum gilt auch dir die Freude,
die uns widerfahren ist,
denn geboren wurde heute
auch dein Heiland Jesus Christ!“ – – –

Kein Licht brannte mehr am Baum, und so waren die Tränen nicht zu sehen, welche in den Augen aller glänzten, wenigstens aller Weißen, den alten Lachner abgerechnet, der sich auch jetzt nicht bei uns befand. Einer stand nach dem andern auf und ging fort, ohne ein Wort zu sagen, denn die Stelle, an welcher eine Seele von ihrem Körper scheidet, ist ein heiliger Ort, den man durch Schweigen ehrt. Ich saß allein, mit dem Toten an der Brust, bis nach langer Zeit Winnetou kam und zu mir sagte:
„Mein Bruder lege die Hülle seines armen Freundes fort; wir werden ihr morgen eine Wohnung errichten, die länger als sie bestehen wird. Der Geist ist bereits hinaufgestiegen zum großen, guten Manitou, wo ewige Bäume der Erlösung brennen, die nicht verlöschen wie dieser hier bei uns. Wir werden Feuer anzünden zu beiden Seiten des Dahingeschiedenen und bei ihm die Totenwache halten, bis der Morgen ange-

brochen ist. Er ging gern aus diesem Leben, und einst werden wir ihm folgen, um ihn wiederzusehen. Howgh!"

Wir bauten aus Steinen, Ästen und Zweigen einen Katafalk, über den das Bärenfell gebreitet wurde, und betteten Carpio darauf. Dann wurden rechts und links Feuer angezündet, bei deren Flackerschein Winnetou und ich dem Toten die letzte Wache hielten. Früh befahl er dann den Schoschonen, ein Grabmal zu errichten, welches seines und Old Shatterhands Freundes würdig sei.

Steine waren genug vorhanden, ein Mausoleum herzustellen, welches den wilden Tieren und dem Zahn der Zeit auf lange Jahre trotzte. Als es am Nachmittag fertig war, begruben wir Carpio in christlicher Weise. Auch die Schoschonen knieten nieder und falteten die Hände, als ich das letzte Gebet sprach. Dann wurde das Grab geschlossen, und Wagare-Tey, der junge Häuptling der Schlangenindianer, versprach mir, bei seinem nächsten Jagdzuge hierher es mit immergrünem Gesträuch zu umpflanzen. Ich bin später dort gewesen und habe mich überzeugt, dass er sein Wort gehalten hat.

Am nächsten Morgen wurde aufgebrochen. Wir waren wie Brüder untereinander, und nur die Anwesenheit des alten Lachner störte uns. Dieser Mensch machte uns außerordentlich zu schaffen. Er hatte zu gar nichts guten Willen und Geschick. Er kam in den Schneeschuhen nicht mit uns fort; wir mussten ihn schleppen und unterstützen, und weil wir für alle unsere Mühe keine freundliche Miene, kein einziges gutes Wort von ihm bekamen, war es gar kein Wunder, dass die Roten schließlich nicht allzu zart mit ihm umgingen. Es konnte weder mir noch Winnetou einfallen, sie zu größerer Rücksicht zu bewegen; er war es nicht wert. Als wir die Winterlager der Schoschonen erreichten, befand er sich in einem solchen Schwächezustande, dass er sich nicht länger aufrecht halten konnte. Er war der erste Patient, den Rost hier in Behandlung nahm. Die Indianer hätten ihn ohne Mitleid hinsterben lassen, wenn sie nicht durch die Rücksicht auf uns veranlasst worden wären, sich wenigstens notdürftig seiner anzunehmen. Im Frühjahre ist er, wie ich später hörte, von einigen weißen Jägern nach Fort Laramie geleitet worden. Was dann aus ihm geworden ist, das weiß ich nicht. Es lag mir überhaupt nichts daran, etwas Weiteres über ihn zu erfahren.

Rost bekam von Avaht-Niah sehr gern die Erlaubnis, so lange bei den Schoschonen zu bleiben, wie er es für seine Zwecke angemessen halte. Er ist jetzt einer der angesehensten Naturärzte des Ostens und – – ein Leser meiner Reiseerzählungen. Er wird sich freuen, wenn er sich auch in diesem Bande findet, und ich bitte ihn um Verzeihung, dass ich ihn so gezeichnet habe, wie er damals war. Seine innere Stimme wird ihm inzwischen gesagt haben, dass der Kaputzenmuskel und der rautenförmige nicht die einzigen Muskeln der Menschen sind, welche Erwähnung verdienen.

Wir hatten keine Lust, bis zum Frühjahr bei den Schlangen zu bleiben, und machten uns über die Pässe hinüber, sobald das erste, durchdringende Tauwetter uns erlaubte, dies allerdings nicht geringe Wagnis mit den Pferden zu unternehmen. Es gelang. Wenn ich sage wir, so meine ich Welley, Hiller, Sannel, Reiter, Winnetou und mich. Von da aus ging es zwar langsam aber immer weiter östlich; wir mussten der Ernährung der Pferde wegen oft sehr langen Halt machen; ihr Hauptfutter bestand aus jungen Zweigen, die aber jetzt saftlos und gefroren waren. Wenn Winnetou nicht bei uns gewesen wäre, hätten wir es nicht gewagt, den Tieren einen so weiten, winterlichen Ritt zuzutrauen; er aber wusste immer Rat. Dennoch kamen sie immer mehr herab, sodass wir ihnen erst in Fort Grattan und dann in Fort Kearney Zeit geben mussten, sich so weit zu erholen, dass wir weiter konnten.

Von dem Transporte der für Hiller bei den Schoschonen und bei den Kikatsa liegenden Felle hatte keine Rede sein können. Es war ausgemacht worden, dass sie von den Indianern im Frühjahre nach Fort Laramie gebracht und später von weißen Beamten der Händler dort abgeholt werden sollten.

Es war Anfang des März, als wir in Weston einrückten. Soll ich die Freude beschreiben, welche die glückliche Rückkehr Hillers dort hervorbrachte? Wenn ich auch wollte, ich könnte es nicht! Watter wurde bald ausfindig gemacht. Ich,

der „reine Garnichts", war dabei, als er mit Welley die Depositenscheine präsentierte und das Geld bekam. Beide traten mit Reiter und Amos Sannel zusammen, um ein großes Holzgeschäft zu gründen; das entsprach ihrem Vorleben und ihren Eigenheiten, und die Firma, aus welcher nur Sannel durch den Tod geschieden ist, steht noch heut in Flor.
Winnetou gab die Pferde in zuverlässige Pension, und nun kam endlich unsere damals beabsichtigte Reise nach dem Osten zur Ausführung. Nach meiner Trennung von ihm ging ich für einige Zeit nach Deutschland, um dann im Herbste am Tigris die Haddedihn-Beduinen und meinen treuen, braven Hadschi Halef Omar aufzusuchen. Ich hielt mich in Bremen gar nicht auf, denn das Geld, in welches ich die Nuggets Carpios umgesetzt hatte, brannte mir in den Taschen. Ich habe es ehrlich abgeliefert und Freude damit angerichtet.
Freude, ja, aber weiter nichts! Ich habe natürlich denjenigen Personen, bei denen diese Diskretion nötig war, andere Namen gegeben, und brauche daher nicht zu verschweigen, dass man sich über dieses Geld freute, aber über die Leiden und den Tod meines lieben Carpio keine große Betrübnis zeigte. Er war den Herzen der Seinen fremd geworden, und als ich die Summe ausgezahlt hatte, sagte man mir höflich kalten Dank, und ich konnte gehen, ohne mit weiteren Fragen nach und über ihn belästigt zu werden. Ich hatte sogar das Gefühl, als müsse ich froh sein, dass mir nicht abver-

langt worden war, mit Hilfe überzeugender Unterlagen zu beweisen, dass der Betrag nicht eigentlich ein größerer sei!
Der nächste Besuch, den ich infolge der erzählten Erlebnisse machte, war erfreulicher. Reiter hatte mich gebeten, seinem Vater persönliche Grüße zu überbringen, und ich tat dies von Herzen gern. Mein alter Kantor war ein eisgraues Männchen geworden; auch die Frau Kantorin war grau, doch noch so wohlbeleibt wie früher; er sah wie eine dünne Achtelpause und sie mit ihrer breiten Flattusenhaube wie eine Viertelnote aus mit einer großen Fermate darüber. Als sie einmal in die Küche gegangen war, teilte er mir im Vertrauen mit, seit sein Sohn das entsetzlich viele Geld aus Amerika geschickt habe, sehe er erst ein, was für eine liebevolle Frau er besitze; früher habe er sich gar nicht die Zeit nehmen können, ihre wahrhaft rührende Verträglichkeit anzuerkennen. Übrigens freue er sich königlich darüber, dass ich mit seinem Sohne in Compagnie das große Goldloch gefunden habe, denn nun sei ich doch wohl auch so reich wie dieser! Dass Winnetou mir nicht mitbeschert hatte, sagte ich ihm natürlich nicht. –
Und Hiller?
Er ist wieder alles, was er vor seiner Flucht nach Amerika war, alles und noch mehr, denn er hat seinen Gott wiedergefunden und mit ihm das einzig wahre Glück im Erdenleben. Sein Glaube wurzelt in den harten Leiden der Vergangenheit wie eine starke Wettertanne, die ihre Wurzeln tief

in die Felsenritzen senkt und darum Halt für jeden Sturm besitzt. Sein Sohn bekleidet eine hervorragende juristische Stellung. Die Frau, welche einst in der verfallenen Gebirgsmühle der Verzweiflung nahe war, die Ärmste der Armen in Hunger und Kälte, sie ist jetzt ein Engel der Bedürftigen, eine Retterin der Elenden, ein Trost für alle, die sich um Schutz und Hilfe an sie wenden, und besonders zur heiligen Weihnachtszeit sendet sie ihre Boten aus nach denen, welche „mühselig und beladen sind", um sie zu erquicken. Dann kommen sie herbei, die Greise, die Siechen, die Armen, die Leidtragenden. Jedem klingt ein freundliches Willkommen entgegen; für jeden liegt ein Geschenk unter dem strahlenden Lichterbaume. Die köstlichste der Gaben aber, welche sie verteilt, ist die gnadenbringende Weihnachtsverkündigung, dass für alle, welche sich nach Erlösung aus der Not der Seele sehnen, der rettende Erlöser gekommen sei. Und das tut sie im Rückblick auf die eigene Not und die eigene Erlösung aus derselben niemals anders als mit den ihr teuren Worten:

„Ich verkünde große Freude,
die euch widerfahren ist,
denn geboren wurde heute
euer Heiland Jesus Christ!" – – –

Weihnacht
von
Karl May

4. Weihnacht!

Welch ein liebes, liebes, inhaltsreiches Wort! Ich behaupte, dass es im Sprachschatze aller Völker und aller Zeiten ein zweites Wort von der ebenso tiefen wie beseligenden Bedeutung dieses einen weder je gegeben hat noch heute gibt. Dem gläubigen Christen ist es der Inbegriff der heißersehnten Erfüllung langen Hoffens auf die Erlösung aller Kreatur, und auch für den Zweifler bedeutet es eine alljährlich wiederkehrende Zeit allgemeiner Festlichkeit, der Familienfreude und der strahlenden Kinderaugen. Jenem leuchtet in der tiefsten Tiefe seines Herzens der Wahrspruch „Jesus Christus gestern und heut und derselbe in alle Ewigkeit!“, und dieser stimmt wohl unwillkürlich auch mit ein oder lässt wenigstens seine Kinder einstimmen in den Frohgesang:

„Welt ging verloren,
Christus ward geboren;
freue dich, o Christenheit!“

Unter Palmen ging der längst erwartete Zweig Isais, des Betlehemiten, auf, und über Betlehem strahlte der Stern, welcher die Weisen aus dem Morgenlande zu der Weihnachtskrippe leitete. „Ehre sei Gott in der Höhe!“, sangen die himmlischen Heerscharen über diese Stadt, von welcher ein Strahl des Lichtes ausgegangen ist, der alle Welt erleuchten und beglücken soll. „Friede auf Erden!“, erklang es nach dem himmlischen Gloria, und der Friede, dessen Sinnbild noch heut die Palmen sind, hat sich von dorther ausgebreitet über alle Länder und in alle Herzen, welche seinem Einzuge offenstanden. Und wo im Norden keine Palmen wehen, da haben ihre Wedel sich in Tannenzweige verwandelt, welche Sterne und Lichter tragen in der schönen seligen Zeit, welcher die Worte des Propheten gelten: „Mache dich auf, und werde Licht, denn dein Licht kommt, und die Herrlichkeit des Herrn geht über dir auf!“ Da glänzt der Weihnachtsbaum im Palaste und in der Hütte; da schallen Glockenklänge, um die Geburt des Erlösers zu verkünden, durch die stille Nacht, und von allen Kanzeln und Altären, von Mund zu Mund erklingt der Engelsruf: „Siehe, ich verkündige euch große Freude, die allen Nationen widerfahren wird, denn euch ist heute der Heiland geboren, welcher ist Christus, der Herr in der Davidsstadt!“

Weihnachtsabend

„Ich verkünde große Freude,
die Euch widerfahren ist;
denn geboren wurde heute
Euer Heiland Jesus Christ!
Jubelnd klingt es durch die Sphären,
Sonnen kündens jedem Stern,
Weihrauch duftet auf Altären
Glocken klingen nah und fern.

Tageshell ist's in den Räumen,
alles atmet Lust und Glück
und an buntbehangnen Bäumen
hängt der freudetrunkne Blick.
Fast ist's, als ob sich die helle
Nacht in Tag verwandeln will;
nur da oben in der Zelle
ist's so dunkel, ist's so still.

Unten zieht des Festes Freude
jetzt in alle Herzen ein;
droben ist mit seinem Leide,
seinem Grame er allein.
Unten wogt es durch die Gassen
lebensfrisch und lebensrot,

droben kämpft mit leichenblassem
Angesicht er mit dem Tod.

Zitternd lehnt er an der Mauer,
von des Fiebers Angst umkrallt.
Und es fliegen tiefe Schauer
durch die zuckende Gestalt.
Seine bleichen Lippen beben,
fieberhaft erglüht das Hirn,
an den kalten Eisenstäben
kühlt er seine heiße Stirn.

Betend faltet er die Hände,
hebt das Auge himmelan:
„Vater, gib ein selig Ende,
dass ich ruhig sterben kann.
Blicke auf Dein Kind hernieder,
das sich sehnt nach Deinem Licht,
der Verlorne naht sich wieder,
geh mit ihm nicht ins Gericht.

Da erbraust im nahen Dome
feierlich der Orgel Klang
und im majestätschen Strome
schwingt sich auf der Chorgesang:

„Herr, nun lässest du in Frieden
deinen Diener schlafen gehen.
Denn sein Auge hat hienieden
deinen Heiland noch gesehn.“

Und der Priester legt die Hände
segnend auf des Toten Haupt.
„Selig ist, wer bis ans Ende
An die ewge Liebe glaubt.
Selig, wer aus Herzensgrunde
nach der Lebensquelle strebt
und noch in der letzten Stunde
seinen Blick zum Himmel hebt.

Suchtest Du noch im Verscheiden
droben den Versöhnungsstern,
wird er Dich zur Wahrheit leiten
und zur Herrlichkeit des Herrn.
Darum gilt auch Dir die Freude,
die uns widerfahren ist;
denn geboren wurde heute
auch Dein Heiland Jesus Christ!“

Vita Karl May

1842 am 25. Februar in Ernstthal, dem späteren Hohenstein-Ernstthal geboren

1848-1856 Besuch der Volksschule in Ernstthal, privater Musik- und Kompositionsunterricht durch Kantor Samuel Friedrich Strauch

1856-1860 Besuch des Lehrerseminars in Waldenburg, Ausschluss wegen der Unterschlagung von Weihnachtskerzen, Abschluss am Lehrerseminar in Plauen

1861 Hilfslehrer an der Armenschule in Glauchau und ab November Lehrer an der Fabrikschule der Firmen Solbrig und Clauß in Altchemnitz, aufgrund der widerrechtlichen Mitnahme einer Uhr in die Weihnachtsferien wurde er zu einer Haftstrafe von sechs Wochen verurteilt und als Vorbestrafter als Lehramtskandidat ausgeschlossen

1862-1864 Privatlehrer in Ernstthal und weitere Beschäftigung mit Komposition und Dichtung

ab 1864 Beginn kleinerer Gaunereien, Diebstahl und Betrug

1865 Verhaftung und Verurteilung zu vier Jahren Arbeitshaus

1865-1868 Gefängnis auf Schloss Osterstein in Zwickau

1870 neuerliche Festnahme wegen kleinerer Betrügereien und Diebstahl

1870-1874 Zuchthaus Waldheim, innere Wandlung durch die Begegnungen und Gespräche mit dem Anstaltskatecheten
1874 vorzeitige Entlassung aus dem Zuchthaus
1875 erste Veröffentlichung: die Erzählung „Die Rose von Ernstthal" erscheint
1875 Einstellung als Redakteur beim Verleger Münchmeyer in Dresden
1878 freier Schriftsteller und Umzug mit Freundin Emma Pollmer nach Dresden

Geburtshaus in Hohenstein-Ernsthal

1879 erstes Angebot für Veröffentlichungen von Erzählungen von der katholischen Wochenzeitung „Deutscher Hausschatz" aus Regensburg (Verlag Pustet)
1880-1888 Arbeit am Orient-Zyklus
1888 Umzug nach Kötzschenbroda bei Dresden
1890-1894 Vortragsreisen durch Deutschland und Österreich
1890-1891 „Der Schatz im Silbersee" erscheint
1891 Umzug nach Oberlößnitz in die Villa Agnes
1891 Angebot des Verlegers Friedrich Ernst Fehsenfeld Erzählungen in Buchform zu veröffentlichen

1892 „Durch Wüste und Harem“ erscheint
ab 1892 Veröffentlichung der gesammelten Reiseromane und damit erster schriftstellerischer Erfolg, der ihm auch finanzielle Sicherheit und Bekanntheit bescherte
1893 „Winnetou 1-3“ erscheinen
1894-1895 „Old Surehand 1-2“ erscheinen
1895 Umzug in die legendäre Villa Shatterhand in Alt-Radebeul (heute Museum)
1897 die Reiseerzählung „Weihnacht!“ erscheint
1899-1900 erste Orientreise
1903 Scheidung von Emma May, Heirat mit Clara Plöhn am 30. März
1904 „Und Friede auf Erden“ erscheint
1908 sechswöchige Amerika-Reise, Besuch von Buffalo, Niagara-Fällen und New York
1910 „Winnetou 4“ erscheint
ab 1910 zunehmende Beschäftigung mit philosophischen und religiösen Themen, Vorträge zum Thema Pazifismus
1912 am 22. März Vortrag zum Thema Pazifismus unter dem Titel „Empor ins Reich der Edelmenschen“ in Wien, Begegnung mit der Friedensnobelpreisträgerin Bertha von Suttner
1912 Karl May stirbt am 30. März und wird auf dem Friedhof Radebeul-Ost beigesetzt

Nachbemerkung

Die Reiseerzählung „Weihnacht!“, aus der die Episoden für dieses Buch ausgewählt wurden, erschien zum ersten Mal im Dezember 1897. Karl May kündigte dieses Werk seinem Verleger Fehsenfeld Anfang Mai 1897 in einem Brief an und schrieb es in den darauffolgenden Monaten. Die Hauptarbeiten fanden Ende Oktober bis Mitte November des Jahres in Birnai in Böhmen statt, wohin sich Karl May für dieses Werk zurückgezogen hatte. Der Verlag kündigte das Buch im Börsenblatt des Deutschen Buchhandels am 16. Dezember 1897 an und lieferte es auch noch kurz vor dem Weihnachtsfest aus. In die Titelgestaltung wurde das bekannte Altargemälde „Die Heilige Nacht“ von Correggio integriert (siehe Seite 68).
Für die Ausgabe des Buches „Weihnacht!“ 1906 schuf der Freund Karl Mays, Sascha Schneider, die Titelillustration, die Sie auf Seite 73 finden.
Die Illustrationen auf den Seiten 36 und 60 entstammen der tschechischen Ausgabe, die 1909 im Verlag Alois Heinig in Prag erschienen war und wurde vom Illustrator Věnceslav Černý geschaffen.
Das Gedicht, das die Reiseerzählung durchzieht und auch noch einmal auf den Seiten 71 bis 73 unseres Buches voll-

ständig abgedruckt wurde, entstand wahrscheinlich während der Haftzeit von Karl May auf Schloss Osterstein in Zwickau und fand auch Eingang in andere Erzählungen und Romane des Autors.